En application de l'art. L.137-2.-I. du code de la propriété intellectuelle, toute reproduction et/ou divulgation de parties de l'œuvre dépassant le volume prévu par la loi est expressément interdite.

© Claire Le Guellaff, 2024
Illustration de couverture : Pixabay libre de droits – composition et adaptation illustration :
Claire Le Guellaff
Édition : BoD · Books on Demand GmbH, In de Tarpen 42, 22848 Norderstedt (Allemagne)
Impression : Libri Plureos GmbH, Friedensallee 273, 22763 Hamburg (Allemagne)

ISBN : 978-2-3224-9800-0
Dépôt légal : Novembre 2024

ERZULIE
Forgive me, i failed

Du même auteur

Collection Les Temps Hypothétiques
- Sélection des encombrants – *Novella*
- JEANNE DE… – *Roman contemporain*
- CHUCHOTIS – *Poésie*
- Parcelles singulières – *Fragments*
- Des limaces dans le potager – *Humour*

Collection Patapouf et Cie
- Petites histoires simples à conter
  Album illustré Jeunesse

Claire Le Guellaff

ERZULIE
Forgive me, i failed

Novella fantastique

Collection
Les Temps Hypothétiques

À ces autres nous-mêmes...

Il est de la capacité de l'esprit de voir un problème sous tous les angles et de voir la possibilité sous d'autres perspectives, même lorsque ces perspectives semblent se contredire.

PROLOGUE

Ce récit s'inspire d'un fait divers réel.
Il y a quelques années, une jeune femme fut retrouvée sur une plage à plus de mille kilomètres de son domicile sans aucun papier et avec cinquante euros en poche.

Le Figaro.fr avec AFP - Publié le 18/02/2014 à 19:32, Mis à jour le 18/02/2014 à 19:34

« La Garde civile espagnole a annoncé aujourd'hui qu'une femme retrouvée sur une plage du nord de l'Espagne, souffrant d'amnésie avec une mystérieuse inscription sur les mains, avait été identifiée comme une Française de 24 ans disparue à Toulouse le 11 février. *"La jeune femme était apparue désorientée et amnésique, sans se souvenir qui elle était ni d'où elle venait... Sur ses mains était inscrite une phrase en anglais « Forgive me, I failed », (pardonne-moi, j'ai échoué),* ajoute la Garde civile, précisant qu'elle n'avait *"subi aucun type d'agression et que les examens toxicologiques avaient donné un résultat négatif...*

Elle revendiqua haut et fort une identité et un passé dont les autorités administratives ne trouvèrent aucune trace.

Déclarée amnésique, l'hôpital psychiatrique dans lequel elle fut transférée lança un appel à témoin. Reconnue par des proches, il s'avéra que sa véritable identité était toute autre, preuves à l'appui.

Elle la contesta apportant de nombreux détails sur celle qu'elle prétendait être. »

Voilà pour le fait divers !

Les éléments apportés au récit qui suit ne constituent qu'un éclairage imaginaire. Ils seraient à considérer comme fortuits s'ils révélaient une quelconque réalité.

I.
L'HÔPITAL PSYCHIATRIQUE

TOULOUSE

Dans la salle de consultation pluridisciplinaire de l'hôpital, la jeune femme se tient assise face au médecin et à l'infirmier, le visage impassible et le regard vide. Pourtant, son esprit reste en alerte sous les pensées qui l'assaillent : elle affirme de toute son âme et jure sur sa vie avoir croisé cette femme Erzulie et depuis sa vie a basculé. Elle l'a écrit, récrit dix fois déjà. Elle n'en peut plus d'être filmée et refuse tous traitements médicaux. Elle n'est pas folle...juste amnésique de quelques bouts de son existence.

Depuis son arrivée, elle n'a pas prononcé un seul mot.

Les feuillets dans les mains, le praticien la surveille du coin de l'œil. L'infirmier à son côté épie les éventuelles réactions d'agressivité. Le médecin poursuit la lecture du document qu'elle lui a remis, d'une voix neutre, lasse...trop peut-être. Ce n'est pas la première fois qu'une telle séance se produit, la version rédigée reste identique aux précédentes dans son contenu, mais les détails s'accumulent.

"... Je rentrais chez moi, J'avais planché toute la journée sur un projet à rendre dans le cadre de mes études. Il faisait nuit. Je m'apprêtais à traverser la chaussée. Les réverbères se reflétaient sur les vitrines décorées pour le nouvel an. La Grande rue m'attendait, comme chaque soir. Il était tard, mais pas encore assez pour franchir le seuil de la nouvelle heure. Celle du changement d'année. La foule envahirait la ville sous peu. J'étais seule. J'avais froid, inadaptée aux hivers rigoureux. Je vous l'ai déjà signalé : je viens d'autres latitudes. »

Le médecin secoue la tête, encore la même chose. Il poursuit.

« Éclairée par les néons jaunes et blafards, je croisais une première fois mon regard dans la vitrine qui s'offrait à moi. Le moment fut saisissant. Le renvoi de mon teint terne, de mes yeux grisâtres et de mes joues creuses m'effraya. Je ressemblais à un cadavre, moi la jolie métisse aux formes rebondies, il y a quelques mois encore. Ce continent m'avait éreintée et esquintée. Je baissais la tête à l'approche de la deuxième devanture prête à me refléter de nouveau. Un feu rouge se mit à clignoter et m'obligea à relever le regard, happée par le flash lancinant... »

Quelques mouvements saccadés secouent le corps de la patiente. L'infirmier s'approche et pose sa main sur son épaule ; elle se calme.

« ... Elle a surgi devant moi. Son large sourire dissimulait à peine la balafre qui traversait sa joue. Elle remontait en diagonale jusqu'à son front et renforçait l'éclat de ses yeux. L'entaille rougissait avec le froid.

Le Bonsoir qu'elle m'adressa était empli de douceur. Elle affichait une couleur de peau, un âge et un déracinement similaires aux miens. Je la trouvais belle, très belle. J'ai senti son frôlement, son odeur, sa chaleur, sa force et son énergie. Comme si je croisais un double, un autre moi… En mieux !

Cette apparition était la bienvenue, elle m'arrachait quelques instants à ma solitude et à mon épuisement à travailler et à étudier en même temps. Je lui rendis son sourire. Elle s'arrêta, retint mon bras, stoppa mon pas…"

Le médecin fait une pause et l'encourage à sortir de son mutisme : « un double, vous voulez bien préciser ? », mais en vain. Elle ne répond pas. Il souligne d'un feutre les mots les plus importants selon lui ; puis écrit à la marge *un style romanesque : affabulation ?* La caméra la filme, garantie objective de la neutralité de l'échange sollicité. Elle reste muette et impavide. L'infirmier, silencieux lui aussi, accentue le déséquilibre du face à face.

Depuis une semaine, date de son entrée dans le service, elle s'obstine à ne pas parler ; elle écrit s'appeler Barbara S., sans se lasser, avoir vingt-quatre ans, être née sur l'île de la Réunion et poursuivre des études de droit à Lyon, ville où elle partage une colocation. Elle réitère ne pas comprendre son internement. De tout évidence, sa mémoire défaille quand il lui faut expliquer s'être retrouvée à plus de mille kilomètres de son domicile sur cette plage au sud du Portugal, la Praia de Santo António, ce 18 février dernier.

Des touristes l'avaient signalée aux autorités locales. La Polícia de Segurança Pública la recueillit : elle n'avait aucun papier sur elle et, en tout et pour tout, cinquante euros en poche. Elle errait pieds nus sur la plage. Elle présentait une lettre tatouée sur chaque doigt jusqu'à *failed* sur le dos de sa paume droite. L'inscription complète révélait : *Forgive me, i failed (Pardonne-moi, j'ai échoué).*

Une énigme supplémentaire que le corps médical et les enquêteurs diligentés cherchaient à résoudre.

2.
À LA RECHERCHE D'UNE IDENTITÉ

Dès son transfert dans cet hôpital spécialisé, sa prise en charge fit la Une des journaux. L'identité revendiquée par la jeune femme se révéla sans fondement. Bien que son discours s'appuyât sur une logique et un enchaînement de faits cohérents, les vérifications légales en usage démontrèrent qu'il ne relevait d'aucune source concrète fiable. Les nom, prénom, lieu et date de naissance, inscription universitaire, numéro de sécurité sociale donnés étaient faux.

Les autorités administratives le confirmaient : cette jeune femme ne possédait pas d'existence légale. Troisième énigme à résoudre ! Ne pouvant sortir de nulle part, elle devait forcément être née ailleurs, quelque part. Ce *quelque-part-ailleurs* restait à découvrir. Le corps médical fut autorisé à procéder à un appel à témoins.

Une première piste s'amorçât quant à son état de santé. Cette fausse identité revendiquée et son mutisme ne pouvaient résulter que d'une agression terrible emportant la jeune femme dans un déni salvateur. Pour sa survie, elle ne pouvait qu'opter pour cette ultime option ; cela référait non pas d'une absence d'identité mais de l'adoption d'une nouvelle davantage protectrice et d'un mode communication maintenant les autres à distance. Il restait à étayer l'hypothèse pour le prouver.

Les résultats de l'appel à témoins apportèrent les réponses à plusieurs questionnements. Les preuves s'assemblaient autour d'une toute autre existence. Âge, naissance, origine, parents, domicile, études : tous différaient de ses précédentes affirmations. Les médias évoquèrent alors une amnésie rétrograde, puis quelques jours plus tard, avancèrent le diagnostic de schizophrénie. Car au cours de son hospitalisation, elle donnait à l'équipe soignante des éléments très précis de sa biographie. « *Ce qui est surprenant, c'est la constance du discours*, commenta le directeur de l'hôpital de T. *Cela fait plusieurs semaines maintenant qu'elle dit les mêmes choses, qu'elle répète les mêmes dates, les mêmes éléments. De toute évidence, il y a du vécu derrière tout cela* ».

Trois mois passèrent. La famille, les médecins et les autorités administratives décrétèrent les énigmes résolues et un black-out s'imposa quant aux informations à délivrer afin de préserver la jeune femme et lui permettre de se reconstruire. Son histoire sombra dans un nouvel anonymat décidé par d'autres pour son salut et sa possible réintégration sociale.

Depuis plus de deux ans, un silence entoure cette histoire. Personne, à part ses proches, ne connait plus rien de sa vie ni de son évolution. On sait avec certitude qu'elle s'appelle en réalité Dominique C., que la phrase tatouée n'est autre que celle de la chanson *"Stuck in the waltz"*(Bloqué *dans la valse)* de Moddi et qu'elle est toujours hospitalisée.

Mais le doute persiste encore sur la cause de l'événement qui l'a placée dans cet état.

3.
DE L'UNE À L'AUTRE

… Je me souviens de la totalité de ces instants où j'ai basculé, mais je le tairai. Cette folie qui me caractérise ne m'appartient pas : elle est pire que celle que l'on m'attribue. Alors, j'ai choisi d'accepter cette dernière. J'ai tenté de dire ce que j'ai vécu par le dessin et la peinture. Personne n'a compris mes messages. À leurs jeux de rôle, les professionnels s'égarent, croisent des hypothèses et les abandonnent. Moi seule connais ce qui m'est réellement arrivé. Je l'écris en cachette. Mon secret est bien scellé dans ce mur qui me sépare de leur vérité. Ils se rassurent et moi, je me protège.

… Quand elle a saisi mon bras, pris ma main et traversé mon regard ; j'ai senti son souffle s'immiscer en moi. Nos sangs se mêlaient.

Nos souvenirs s'échangèrent, se troquèrent les uns pour les autres dans un tourbillon impossible à maîtriser. J'ai résisté pourtant ; j'ai même lutté. Notre combat s'est livré dans la plus grande anarchie avec pour seul but, pour seule victoire : mon identité contre la sienne. Ce fut violent et exclusif : j'en ai oublié ceux et ce qui faisaient ma vie. Défragmentée par la violence de son assaut, elle m'a capturée sans un mot. Emportée dans une valse au rythme saccadé, elle me délivra son terrible secret, m'enivra de ses douleurs accumulées et anesthésia mon âme pour la voler. Je me perdis dans sa folie. Je lui cédai ma vie et m'appropriai la sienne jusqu'à sa mort future certaine. Elle s'est infiltrée dans chacune de mes fêlures, à m'écorcher vive. Elle m'a condamnée à perpétuité à la peine de la perte identitaire. Son corps a pris possession du mien : la fusion fut la plus effrayante des agressions. Je me suis vidée d'un seul jet de mes sensations et de mes sentiments. Je ne m'habitais plus, je l'habitais, Elle ! Sous le joug de son identité imposée, la mienne a éclaté. Je suis devenue légataire de son âme. Les frontières abolies : je devins apatride de mes anciens repères, une étrangère pour tous et surtout pour moi. Il me reste la conscience de ce passage. Je suis devenue "Légataire d'âme" : la seule chose qui me retienne au-dessus du vide. Ma vie était terne, la sienne était vouée au chaos rempli de couleurs fortes et primaires. Noir sur blanc, je l'ai peint et écrit. Je ne retiens que le noir et m'engloutis à chercher le Graal de ma délivrance. À m'envahir, elle m'ouvrit contre ma volonté à son estime : séduction perverse ultime de son imprégnation. Sous son emprise, j'ai dû obtempérer, la suivre et gravir les sentiers de l'Espagne, croiser la Vierge de l'Espoir et la croix des Anges sur le chemin de Compostelle. Nous traversâmes les renflements du Portugal et elle m'échoua sur la plage avant de franchir la frontière qui l'attendait au-delà de la mer. Elle tatoua cette phrase sur mes doigts et ma paume.

En silence, elle m'abandonna. Elle s'évadait pour échapper à ses bourreaux et à leur courroux. De la transfusion inégale, il ne me reste que ses souvenirs, son histoire. Même sa défaillance m'a infiltrée : je me sens coupable. Je ne sais pas de quoi.

Aujourd'hui, je suis toujours hospitalisée. Il paraît que l'on sait en définitive qui je suis ou plutôt qui j'étais. Il paraît, non sans ironie, que l'enquête avance à grands pas...depuis deux ans. Prisonnière de mon secret : je sais qu'ils se trompent. Celle qui m'a volée court toujours. Elle a commis d'autres méfaits. À mes doigts, ce message tatoué ne m'appartient pas et n'est pas destiné à ceux qui me reconnaissent. Il est adressé à ceux qui la poursuivent encore. Peut-être...

Ma vie a changé. Tant que l'on ne m'aura pas retrouvée chez l'autre, je ne pourrai sortir de sa folie.

Si un jour, ils la rattrapent, j'aimerai tant qu'ils lui demandent de me rendre ma poupée. Oui, celle que j'avais confectionnée de mes doigts avec des aiguilles si fines et si pointues que la couture en était presqu'invisible. Je ne me souviens plus à quelle fin je la destinais. Était-ce moi ? Je ne sais plus... Et puis non... Ce n'est pas une bonne idée, je ne voudrais pas tenter le diable...

4.
AILLEURS : QUELQUES GRAINS DE SABLE

11° 2' 56" Nord et 0° 58' 21" Est

Ils l'observent. Son sac à dos s'alourdit sous leurs regards. Elle courbe l'échine et baisse la tête. Elle est épuisée par la cavale. L'Espagne, le Portugal, le Maroc, le Mali.... Encore quelques mètres à franchir : la voilà au Bénin, sa terre. Elle déposera enfin son fardeau et rompra ce contrat dont elle n'a jamais voulu et qui lui a été imposé. Elle a l'argent et l'a mis en lieu sûr.

La sueur coule de son front, son goût salé l'écœure. D'un geste qu'elle croit rapide, elle lâche la bride de son sac pour s'éponger. Ce bras levé entraîne sa perte, elle le pressent. Un grain de sable dans la fuite bien huilée. Ce bras la signale. Avant

même la sommation, elle fuit à portée de vue. Sa course s'arrête dans le bruit sec et métallique du tir. La détonation la capture avant la balle. Tétanisée par la peur : elle ne sent rien. Elle s'écroule, fauchée par l'erreur. Celui qui tient l'arme a tiré avant de la sommer. En une fraction de seconde, elle comprend son vertige. Le sien a assez duré : trois meurtres, déjà !
La bouche collée au sable, les bras en croix, elle rend un dernier soupir : libérée.

Lorsque les militaires s'approchent de son corps, ils conviennent qu'elle fuyait. La sommation sera confirmée sur le rapport. Chacun apportera le détail complémentaire pour garantir la véracité de l'événement. Sommation avant, fuite et tir après : tout concordera et répondra à l'exigence du procès-verbal.

Le jeune soldat responsable du coup de feu remet son arme dans son étui. Rassuré, il est le premier à se pencher au-dessus de la jeune femme inerte. Il constate sa mort et note l'heure sur le revers de sa main, à deux minutes près : 12h32 au lieu de 12h30.

Les autres procéderont à la recherche concrète de son identité pour la confondre avec le portrait-robot affiché.

Quelques heures plus tard, il ne reste rien qui puisse rappeler l'évènement. On n'a pas retrouvé la balle tirée, le légiste précisera dans son rapport rédigé à la hâte qu'elle n'est pas sortie du corps.
Les barrières enlevées, le passage redevient accessible aux plus pressés. L'ambulance partie, le groupe armé rejoint le poste de douane pour se mettre à l'ombre.

Le plus âgé des militaires, le lieutenant Kasadi Saint-Pierre, leur chef, pose le sac à dos sur la table, défait la sangle et zippe la fermeture. Il inspecte le contenu, à part des papiers d'identité rassemblés dans une pochette de cuir, le sac est vide. Il le secoue, la seconde qui suit marque d'un silence son air satisfait. Une poupée de chiffon git au sol. Son jeune collègue veut la ramasser. D'un geste ferme, il l'en empêche et l'emporte avec lui.

4.
AJUSTEMENT DES VARIABLES

À lire le procès-verbal de l'arrestation, la logique des faits retranscrits se comprend et confirme la relation de la cause à son effet dramatique. Mais l'interrogatoire du jeune militaire se déroule différemment. Devant ses nombreuses hésitations, l'enquêteur officiel comprend que ce rapport tronque la réalité. Il croise les informations avec celles recueillies auprès du nouveau lieutenant chef de section Kasadi Saint-Pierre, ancien médecin militaire et responsable du procès verbal. Malgré son air détaché, il cache, lui aussi, un élément important. L'enquêteur s'interroge sur la nature de l'arrestation de cette jeune femme ; car sa qualification ne justifie ni sa présence ni sa responsabilité à mener une telle opération.

Le jeune soldat est à nouveau convoqué. Celui-ci devine, au rythme soutenu des questions, la nécessité de protéger sa fonction. Par inconscience ou par imprudence, il délivre enfin deux informations manquantes. Il pense détourner ainsi l'attention et couvrir la faute dont il est responsable. Il lâche que leur nouveau lieutenant a omis de lui signaler que l'on a trouvé avec les papiers d'identité une poupée...une poupée Vaudou. Il la décrit avec précision et noie sa crainte sous les détails. La balle n'a pas été retrouvée, mais le médecin légiste a précisé qu'elle avait du rester à l'intérieur du corps de la fuyarde. L'enquêteur enregistre les réponses apportées et, l'air soucieux, le remercie pour sa rigueur et sa loyauté.

Kasadi comprend à l'annonce de sa nouvelle invitation à témoigner, que le grand jeu se met en place. Il décide de composer ce numéro de téléphone qu'il appelle si peu, expose la particularité de la situation et reçoit l'assurance en haut lieu que l'enquêteur ne poursuivra pas ses investigations. Rassuré par cette garantie, il lui faut malgré tout rassembler toutes ses forces pour garder l'énergie nécessaire s'il veut mener à bien les dernières étapes de sa mission. Car il se trouve à la croisée des chemins de deux existences. Il n'a pas su protéger la vie de l'une, il doit préserver celle de l'autre.

Il n'agira désormais que de jour ; la nuit se révèle trop périlleuse pour lui.

Au Bénin, la nuit peut vous amener à faire des rencontres dangereuses et surtout à vous placer face à ce qu'il y a de plus sombre en vous. Il en sait quelque chose pour l'avoir éprouvé à de nombreuses reprises et souhaite s'en préserver à tout prix quand il est en mission.

5.
À L'ÉPREUVE DU TEMPS ET DES ESPACES

Le cours des événements s'enraie : les médias saisis de l'affaire enquêtent à leur tour. L'article du jour mis à la Une du quotidien La Nouvelle Tribune informe la population qu'une jeune femme d'une vingtaine d'années a été arrêtée alors qu'elle franchissait la frontière au Nord-Ouest du Bénin. Recherchée à partir d'un portrait–robot largement diffusé pour plusieurs meurtres de ressortissantes béninoises, sa cavale s'est achevée dans un tir de sommation. Les papiers d'identité découverts en sa possession indiquent qu'elle s'appelait Dominique C.
De son sac à dos, on extirpa une petite figurine en tissu : au premier abord, il

s'agirait d'une poupée Vaudou... La traque a duré près de trois années et nécessité de nombreuses instructions. Le portrait-robot et la coopération entre les différents états prouvent une fois de plus leur utilité. D'après les premières vérifications, l'identité de la meurtrière présumée n'est plus formellement établie. Une autre Dominique C. existe ailleurs en France sans risque d'homonymie possible. De part et d'autre des deux continents, les médecins légistes notent certaines caractéristiques physiques et médicales qui contre toute attente présentent une étrange similitude entre les deux jeunes femmes répondant à la même identité. Des contre-enquêtes sont diligentées ainsi qu'un nouvel appel à témoins.

Par ces mises en avant, les recherches prennent un nouvel axe, leur espace : une nouvelle dimension.
Les journalistes affluent, se croisent et échangent sur ce qui aurait dû rester un fait divers. La routine de l'information soumise à un nouvel ordre se transforme

en une exception autour de laquelle les parties prenantes s'échauffent. Pour quelques informations en excédent, quelques particules en trop, l'espace et le temps se bousculent et se chevauchent. La réalité se déforme.

Une première déclaration a fait grincer le procès-verbal trop bien huilé. Une seconde actualité empêche le classement de l'affaire pourtant si bien menée de prime abord. Une troisième communication déséquilibre le présent.

Et la chaleur devient insupportable...

6.
UN PASSÉ FIXE

Quand tout bascula, il faisait nuit. La lumière rouge ne clignotait plus, j'en suis certaine. Des mois que je me repasse la scène, pour en sortir. Même mes rêves et mes cauchemars ne me sont d'aucune aide. Maintenant, j'ai peur du noir. Il me prend au ventre à m'en donner la nausée, à me soulever le cœur et à vouloir vomir les pensées et les images qui m'assaillent. La peur – la terreur plutôt – m'a empêché de maîtriser l'événement. Je n'avais plus rien à quoi me raccrocher. Je me retrouvais dépouillée de l'espace qui m'entourait, du dernier instant pendant lequel la lumière m'éclairait encore. Depuis, je joue un jeu qui plaît et satisfait ceux qui m'entourent. Comment leur dire que j'ai perdu toute notion d'espace, de temps et surtout de conscience du réel ?

Je me construis sur ce qu'on dit de moi. Je me déplace là où on me demande d'aller. Je me les approprie en bonne élève que j'étais, il paraît. Lorsque la lumière cessa de battre, mon cœur s'est arrêté. Les obstacles ont disparu et je reste figée dans cet événement qui appartient au souvenir. Depuis, rien ne change. Mon présent se conjugue au passé et je ne sais pas ce que veut dire cet avenir dont ils me rabâchent les oreilles. Je me bats avec les mots, dernières réalités qui me restent. Je me cantonne à ce bout de passé et au présent. Ce sont les seuls temps qui me portent... S'il vous plaît, laissez-moi en éveil, je ne veux pas m'endormir. L'engourdissement m'est insupportable. Je ne sais pas vers quoi je pars quand je dors. Le sommeil est un ennemi qui me capture et me livre en pâture. Je...

De son box, la surveillante de nuit entend hurler. Chaque nuit, le même épisode se renouvèle. Ni elle ni les autres ne se déplacent plus. Elles attendent le silence qui suit le cri, toujours le même. Elles vérifient ensuite si Dominique C. dort.

Il n'y a toujours qu'un seul hurlement, long et strident. Il leur donne l'heure à la seconde près : minuit. Personne ne s'explique l'exactitude répétée ni son mécanisme. Il rythme leur tour de garde. Un mystère devenu d'une banalité si affligeante qu'elles omettent de le noter sur leur cahier de service et le dossier informatisé de la patiente. Encore un événement dont le relief s'effondre avec le temps qui passe.

Ce soir, comme les autres soirs, Nicole B. prend ses clefs, ferme son bureau et arpente l'allée principale du service.

Deux aides-soignantes manquent à l'équipe. Les autres se trouvent dans l'aile ouest du bâtiment.

Elle entend un second cri : un hurlement rauque. Le temps d'en déterminer l'origine, elle suffoque sous la brusque chaleur du couloir. Terrassée par la pression, elle s'appuie contre le mur et s'effondre, accroupie et brûlante de fièvre. Elle pense tout de suite à une explosion liée à la cuve d'oxygène stockée tout près du bâtiment. Elle sait que le souffle précède le son. En un éclair, elle se recroqueville et attend le bruit de la déflagration. Rien ne se produit comme elle le craignait. La température chute et redevient normale. Sa prostration ne dure que quelques minutes. Elle s'apaise et recouvre sa respiration et ses esprits. Elle se lève avec difficulté tout en regardant autour d'elle. Rien n'a bougé : les cloisons ne présentent aucune fissure, les vitres n'ont pas éclaté. Elle porte les mains à son visage puis les inspecte : là encore, pas de blessure. Rien.

Elle parcourt quelques mètres, ceux qui la séparent de la chambre de Dominique C. Elle déverrouille l'accès et entre. Tout est calme, la patiente dort. Elle se penche pour l'examiner, ajuste sa lampe de poche, protège sa bouche de sa paume pour n'émettre aucun souffle ni aucun son. La faible lumière éclaire le visage de l'endormie : une longue balafre traverse sa joue, remonte en diagonale et souligne les cernes cramoisis de ses yeux...

7.
RÉAJUSTEMENT DES VARIABLES

Tant au Bénin qu'en France, les Unes des journaux révélèrent les nombreux rebondissements de cette actualité. L'identité commune et identique pouvait s'expliquer par un vol de papiers administratifs pour cacher celle de l'une ou de l'autre des deux jeunes femmes.
L'alignement réalisé entre leurs séquences ADN démontra une forte ressemblance génétique. L'actualité devenait particulière, voire extra-ordinaire.

Les investigations et les recoupements se succédèrent. Les informations à ne pas divulguer filtrèrent et placèrent toutes les autorités administratives concernées sur le devant de la scène. Les secrets professionnels rompus, les histoires de vies des deux protagonistes s'exposèrent au grand jour.

On put déterminer en premier lieu l'identité de la jeune femme abattue à la frontière. Elle s'appelait Coumba D., née à Cotonou, dans le quartier de Ladji, le 2 janvier 1990 à 12h30. Celle de l'amnésique hospitalisée en France était déjà confirmée : Dominique C., née de mère inconnue à la date approximative du 11 février 1990. À l'époque, l'estimation avait été hâtive et réalisée au jugé. Les résultats de l'enquête ADN ne souffraient aucun appel : les deux jeunes femmes étaient jumelles. Cette gémellité renforçait le mystère et rendait la réalité confuse.

Dominique C. avait été recueillie plusieurs mois après sa naissance par un couple français habitant au Bénin. L'adoption plénière internationale fut autorisée grâce à ce premier lieu de résidence et au respect des règles contraignantes interculturelles en vigueur à l'époque. Quelques années plus tard, la famille agrandie repartit en France.

Coumba D., quant à elle, resta auprès

de sa mère biologique. Sa destinée fut tout autre. À la pré-adolescence, elle fut placée sous contrat. Sa vie prit un tournant difficile comme celle de ses nombreuses congénères. Elle partit pour l'Allemagne et fut confiée à l'une des cousines de sa mère : "une Madame". Des années plus tard, elle rejoignit Madrid et une autre cousine puis échoua à Paris. De sa vie chaotique et sous protection rapprochée, elle remplissait tant bien que mal les termes de son contrat et assura la survie de sa mère isolée, malade et sans ressources.

Dominique C. démarra son existence sous de meilleurs auspices. Elle fut choyée et accompagnée dans ses études de droit. Elle obtint la possibilité de suivre le programme Erasmus. Elle se rendit en Allemagne, en Angleterre, en Espagne pour enfin terminer le cycle de formation entrepris à Paris et à Lyon.

Il reste, aujourd'hui, aux enquêteurs de déterminer si oui ou non les deux jeunes femmes se sont rencontrées et reconnues. Si oui : où et depuis quand ?

Kasadi Saint-Pierre referma le journal.
Il lui restait peu de temps pour agir. Il se demanda même s'il n'était pas trop tard. Il sollicita en urgence un congé sans solde de quatre jours qu'il obtint sans délai. Il savait qu'en haut lieu on le couvrait grâce à ses multiples services rendus. Cette protection officieuse le rassurait

D'emblée, le combat à livrer s'avérait inégal.

Il fit son sac et garda son uniforme pour l'instant. Deux pièces d'état civil dans les mains, il les rangea dans son paquetage. D'un air préoccupé, il pensa à haute voix : Legba, mon ami, mon autre, nous y voilà… Cela fait si longtemps…plus de vingt ans, déjà !

8.
LES IMPÉRATIFS DU PRÉSENT

Elle est revenue… Ce matin. Elle est différente, davantage puissante. Elle n'est pas seule.

- Tu chevauches à l'envers et tu n'en as pas le droit. - Un combat s'annonce une nouvelle fois… - On ne rompt pas un contrat sans avoir reçu la permission de Mawu. - Inlassablement, les mots se répètent… – Erzulie Dantor, je t'attends. - Un flot incessant de paroles sans sens empiète sur la raison qui me reste. – Erzulie Dantor, ma sœur à l'enfant- Les contradictions s'entassent, s'empilent sur le terrain vague d'une illusion perdue de ma guérison. – L'orage et la foudre vont s'abattre sur toi ; Oui, toi ! – elle cherche, mon double…ou peut-être le sien ? –

Montre-toi, toi qui ose encore te confronter à moi, à vouloir modifier l'ordre de nos attributs et de nos missions ! – Abandonnée dans cette chambre d'hôpital, rien ni personne ne peut me protéger. L'essentiel se réalise ailleurs et personne ne le voit, sauf moi. Je refuse de bouger. Tétanisée jusqu' à faire croire à un sommeil réparateur alors que je suis dévastée. Je la supplie de m'oublier puisqu'elle en poursuit une autre…– Non, je ne lâcherai pas ma prise, pas cette fois. Ma puissance descendra en elle, de cette lutte inégale, sache qu'elle te perdra. Tu porteras en ton sein la rupture du lien et sur ton couteau protecteur, son sang. De bienfaitrice tu deviendras maudite et démunie pour m'avoir volée l'une, puis abandonnée l'autre maintenant. Sache que ton empreinte de cette nuit n'y suffira pas. Tu as volé ma Vodusi, m'a trompée avec une autre. Ma colère est immense car jamais de Lwas une promesse ne fut brisée. – Par réflexe, ma main parcourt ma peau : le ventre, la poitrine puis la joue. Je tâte le début d'un sillon qui s'écarte en s'évasant, large et profond. Le rail se poursuit, creuse la pommette, renfle l'œil et déforme ma tempe. Sous l'horreur des détails palpés, je hurle. Mon cœur se foudroie, mon front se resserre en étau. Parler, vite, parler pour dire et me défendre. Dans mes cris, je n'entends pas mes mots. Je ne reconnais pas ma voix : elle surgit basse, profonde et caverneuse. Portée par un souffle qui n'est pas le mien, elle brûle ma gorge, tire ma langue et la tord. La soif est insupportable ; j'ai beau saliver pour m'étancher, je ne fais que baver. L'onde dans laquelle je me noie me cahote avec force et de tous côtés. Je ne connais rien de cet acharnement à me secouer. Des cailloux acérés m'éraflent et me brûlent. L'impression persiste et pousse l'horreur plus loin encore : mes ongles rentrent dans mon corps, griffent et arrachent ma peau. Mes cils se tissent et closent mes yeux. Le blanc m'envahit : un blanc froid, neutre et amorti. Et Le silence. Je cherche les battements de mon cœur, rien que le silence.

Je suis enfermée dans mon corps devenu prison à la peau rétrécie : rien que le blanc… Happée…

Le médecin secondé par l'infirmier et l'aide-soignante de l'équipe de jour réussissent enfin à maintenir la jeune femme. Ils sont arrivés trop tard après la chute bien qu'elle soit survenue en journée. Ils ne pourront déterminer la durée des convulsions. Ils constatent que la malade s'est largement blessée. Sur sa peau apparaissent les marques de contusions. Sa bouche saigne à flots, un morceau de sa langue se détache. Heureusement, sa respiration revient à la normale. L'aide-soignante s'affaire ; la jeune femme baigne dans son urine.

Rien ne laissait présager qu'elle fasse une crise d'épilepsie, reste à déterminer si c'en est réellement une. Le plus étonnant de cet épisode réside dans les paroles prononcées. Chacun d'entre eux se souvient de la violence des phrases et demeure impressionné par la gravité de la voix. Quant au sens du discours débité, nul ici n'y fait plus attention. Cela devient

un lot quotidien parmi les malades diagnostiquées. Les seuls cas où elles sont retenues, annotées et commentées demeurent ceux qui permettent d'envisager une possible rémission voire guérison.
Un cas particulier de sortie de mutisme, à exploiter, pense le praticien.

Ils attendent qu'elle récupère. L'aide-soignante et le médecin lui parlent avec douceur, tandis que l'infirmier s'affaire à préparer les prescriptions ordonnées.
Dominique C. somnole. L'examen clinique se poursuit et note le croisement des cils entrelacés de façon bien particulière. La balafre de la joue est auscultée. Leur surprise reste difficile à contenir puisqu'elle apparaît comme cicatrisée depuis longtemps alors qu'hier encore elle n'y était pas. Les autres plaies prouvent leur création récente. Les mains sont ensanglantées par les griffures qu'elle s'est elle-même infligées. L'infirmier attend le signal du praticien pour les nettoyer.

La jeune femme ouvre les yeux. Encore un détail et non des moindres : leur couleur a changé. L'un est bleu, l'autre affiche un rouge orangé. Dans un clignement rapide, ils se ferment à nouveau. La jeune femme s'est rendormie.

La mise sous surveillance est précisée ainsi qu'un premier traitement assorti de contention pour parfaire la sécurité, la sienne et la leur.

Chacun pense secrètement avoir failli, tous préfèrent relativiser et s'en rapporter au manque de moyens. Le médecin prescrit les examens complémentaires habituels en la matière : EEG, Scanner et IRM cérébraux.

Un fond de l'œil complètera l'artillerie pour comprendre l'hétérochromie subite ou diagnostiquer une éventuelle mydriase.

À cet instant présent, je me sens si vivante que des larmes de soulagement envahissent mon corps, de vagues en vagues jusqu'à ruisseler bientôt sur mes joues. Apaisée, la dernière étape est franchie. La dernière avant de recouvrer ma liberté. L'autre me l'a dit, me l'a soufflé, me l'a promis. Ma main droite et mes doigts me piquent et me brûlent. Je regarderai tout à l'heure...quand ils seront partis.

L'infirmier prend compresses et désinfectant et procède aux soins de la main meurtrie par la crise. Avec application, il nettoie, reprend un compresse puis une autre, enlève le sang, débarrasse les quelques lambeaux accrochés. Avant de procéder à la mise en place du pansement, il s'interroge, saisit l'autre main, les examine avec attention, les retourne et invite le praticien à constater la disparition de l'inscription tatouée. Dominique C. se redresse alors, ouvre les yeux et les fixe l'un après l'autre de son regard vairon.
L'espace d'un instant, leur présent vacille.

9.
LA CONJUGAISON DES TEMPS

Au regard de l'urgence de la situation et grâce à ses appuis, Kasadi Saint-Pierre passe la frontière de l'aéroport de Cotonou sans encombre avant de s'envoler pour la France. De toute évidence, les appels téléphoniques interministériels et les passe-droits explicites ouvrent les portes et les sas les plus contrôlés. Les médias restent verrouillés.

Il débarque à Roissy. Billet de train composté en main, il enchaîne son périple à bord du TGV à destination de Lyon, dans un premier temps.

La première clé se trouve là-bas, bien que personne ne le sache encore ou n'en ait fait mention. Lyon, ville de ses études de médecin militaire, de ses rencontres et autres apprentissages. De la gare de la Part-Dieu, il pousse jusqu'à Perrache, contourne la place Carnot puis pénètre dans le quartier d'Ainay. Rien n'a vraiment changé. Un lieu riche d'histoires grandes et petites composées de tous bois, de soies et parfois…de précieux bouts de chiffons.

Les antiquaires jalonnent le pavé, entre les anciens et les nouveaux, il rejoint la boutique dont l'emplacement reste gravé dans sa mémoire. Il porte la main à la poche intérieure de son pardessus, s'assure que le passeport particulier est toujours en place : le plus précieux de ses sésames pour ce qu'il s'apprête à faire. Dans sa sacoche de cuir sombre, au milieu des papiers officiels administratifs et militaires, trône la petite poupée de tissu.

Un sourire tendre aux lèvres, il rappelle à lui son pouvoir délaissé un temps. Lui, l'humble et le sage Legba revient gardienner les barrières et les portes. Lui seul les connaît et peut les ouvrir pour inviter les autres Lwas à venir à lui.

Il trie, réunit ou sépare les âmes meurtries déjà parties ou encore en vie. Il est venu calmer ceux qui ont usé et abusé de leurs pratiques à vouloir posséder les humains, à faire vaciller l'univers et à se dédoubler pour se rendre omniprésents quitte à s'incarner pour l'éternité.

Ils ont agi plus qu'il ne leur était permis. Un sacrilège que trois Lwas Erzulies ont commis : Gé rouge, Mapyang et Freda à se remplacer et à s'unir dans la vindicte.
Oui, le combat est inégal ! La quatrième, Erzulie Dantor est menacée pour avoir tenté de préserver deux jumelles alors qu'une seule lui était attribuée. Elle a failli au pacte initial. Sollicitée et implorée par sa protégée, elle la plongea dans l'amnésie, dissimula un temps son existence, aida l'autre à rompre son contrat et à se libérer de Mapyang. Trois "Madames" du monde des humains en sont mortes sans avoir pu être célébrées. L'instant d'une faiblesse, d'une hésitation ou d'une inattention, par la main de Coumba D., son couteau transperça leur flanc et se teinta des sangs mêlés de ses propres sœurs lwas.

À subvertir les univers des jumelles séparées à la naissance, elle a falsifié leurs conditions. À mélanger les forces, elle a inversé l'ordre du naturel et du surnaturel, insufflant des désirs contraires jusqu'à contrarier les destins. Elle a modifié les éléments propices et protecteurs, les a rendus défavorables et malfaisants. Elle a bousculé l'ordre préétabli et désorganisé le sacré et le profane.

Erzulie Dantor, qu'as-tu fait ? Tu le sais pourtant : on ne trompe pas un autre Lwa. Pour te sauver, Je m'apprête à recommencer le rituel et remplacer ta dette par une autre, toi à mes côtés. Notre lien sera indéfectible, tu seras unie à moi, le temps d'un nouveau passage. Je te protégerai, mais sache qu'un Lwa ne faillit jamais ni ne demande pardon. Lorsque Coumba D. sera purifiée, tu pourras renaître de sa poussière et te libérer.

Guidé par les pavés soudés les uns aux autres par le temps, il longe le quai pour atteindre la boutique restée identique à son souvenir. D'une main assurée, il pousse la porte et franchit le seuil. Le vieil homme à la boutique le salue. Il lui remet ce passeport si spécial pour qu'il s'efface et le laisse passer après vérification de l'identité attendue : Legba L. Dans un murmure respectueux, il lui signifie que tout est prêt, soulève le rideau épais, rouge et noir, de l'arrière salle et l'invite à entrer.

Dehors, le ciel s'est assombri et des éclairs zèbrent la rue. Un violent coup de tonnerre assourdit l'espace. Le défi est lancé.

Legba s'avance, referme le passage. La cérémonie peut commencer. Une énorme déflagration ébranle les murs : le temps se rompt, la lumière se fragmente. En une fraction de seconde, il se retrouve transporté vingt ans plus tôt : il préside l'office, les prières ont été dites, le rituel enclenché. Les jumelles viennent de naître. Il est 12 h 30. Tous les Lwas sont réunis. Ils doivent s'honorer, puis choisir de partir ou de rester. Certains s'en vont, par crainte, tandis que d'autres s'effacent par

respect pour cette gémellité, supérieure à leurs yeux. Restent quatre Lwas Erzulies : Mapyang et Dantor, Gé rouge et Freda. Fortes de leurs volontés à s'emparer des deux fillettes, Legba connait leurs capacités à s'affronter. Il attribue l'une des jumelles... Puis l'autre, deux minutes trop tard. Deux minutes qui feront basculer le destin de chacune. Deux minutes, d'hésitation. Deux minutes d'observation, suffisantes pour qu'une faille de l'espace et du temps s'installe au cœur du choix.
Il réapparaît aujourd'hui pour la combler.

Il se place au centre et réordonne le déroulement de l'office : les jumelles viennent de naître, il est 12 h 30. Seules deux Lwas Erzulies sont présentes : Mapyang et Dantor. Mapyang encore plus virulente, plus armée, plus violente face à l'enjeu et face à Dantor affaiblie. Legba doit agir vite.
Il sort de sa sacoche la petite poupée vaudou. En une seconde, il la place entre les jumelles. La seconde suivante, il s'empare de la main d'Erzulie Dantor et, tenant avec fermeté son couteau la transperce au

cœur : il est 12 h 30 et trois secondes. Une deuxième déflagration s'entend au loin, puis la pluie assourdissante et, enfin, les cris des passants qui décampent.
L'une des deux jumelles a saisi de sa petite main la poupée et l'a basculée instinctivement contre son cœur. Le choix s'est fait de lui-même. Leurs destins sont à nouveau séparés et différenciés.
Sur ordre de Legba, Erzulie Dantor se glisse avec lenteur et douceur vers la première enfant. La place est libérée et dégagée pour Erzulie Mapyang, le contrat peut se poursuivre et se solder avec l'autre jumelle. Épuisé, il se redresse ; cela n'aura duré que quelques instants ici.
Là-bas ailleurs, la cérémonie se poursuit.

La flèche du temps reprend son mouvement et l'espace : sa place.
Dans l'arrière boutique, plus aucune trace de ce qui vient de se passer. Il salue son hôte resté de l'autre côté de la tenture et ressort de l'échoppe après avoir déposé l'offrande qui lui revient. La nuit est tombée, les heures civiles ont défilé au rythme

des humains.

Il reprend la direction de la gare et un train du soir plus tard, il sera à son hôtel avant minuit. Il est attendu le lendemain à l'hôpital de T à Toulouse. Le praticien hospitalier et son équipe, enthousiastes, lui ont accordé le rendez-vous sollicité. Son identité de médecin et le courrier à l'entête militaire envoyés par email officiel par le consulat les ont convaincus du bien-fondé de cette rencontre. Les parents de Dominique C., informés, seront présents et escomptent eux aussi beaucoup de cette réunion.

Il étend ses jambes, se cale dans le siège du train et regarde défiler les ombres du paysage. Le ciel dégage les derniers nuages, mais la bataille n'est pas finie. Le travail de mémoire commence.

Dans quelques heures, l'aube du deuxième jour de l'après va s'amorcer. Il consulte sa montre et soupire, son rendez-vous est prévu à 12 h30.

Il espère que d'ici là...

10.
MÉMOIRE DU TEMPS POUR
UNE LIBÉRATION CONDITIONNELLE

La surveillante, installée à son bureau, parcourt à nouveau les consignes pour la nuit. Le protocole précis mis en place pour la patiente Dominique C. est formel : à surveiller chaque heure.

Pourtant, depuis cette nuit de grande chaleur, elle appréhende de s'approcher de la chambre. Elle reporte son tour de quelques minutes encore.

Il est minuit, tout est calme, pas un bruit. Dominique C., pour la première fois, n'a pas crié dans son sommeil. Elle note l'information, en précise l'heure, puis récapitule ses annotations précédentes. Elle apporte une révision à son dossier informatisé sans réfléchir. L'ordinateur rame puis se bloque. L'infirmière appuie sur « Enter » plusieurs fois, puis sur « Echap ». Elle maintient la pression, l'écran s'éteint, puis affiche son redémarrage en mode « sans échec » ; en un clic, elle accepte. Elle recherche la page du document en cours, la déploie, lit en diagonale, l'enregistre à nouveau.

Rassurée, elle se lève, prend son *Pass*, ferme le box et reprend son inspection de chambre en chambre. Elle arpente le couloir Est qui mène à celle de la jeune femme hospitalisée. Il ne lui reste que quelques mètres à parcourir.

Derrière la porte, Dominique C. se tient debout. Elle attend…

La surveillante hésite, porte la main sur la poignée, entend une forte respiration. Elle se reprend, se détourne avec crainte et poursuit son chemin. Elle n'a pas respecté le protocole, elle est seule et personne n'en saura rien. Elle prie le ciel pour qu'il en soit ainsi.

J'ai tellement prié pour que l'Autre

n'ouvre plus cette porte. La dernière étape approche mais le processus n'est pas terminé. Je suis à moitié libérée ; je le sens. Ma main droite et mes doigts me piquent et me brûlent.

J'attends...

Ma vue se trouble ; j'ai froid et chaud en même temps... Mon cœur s'emballe. Au creux des reins, une poussée violente m'étreint, me casse et me brise. Je suis morcelée... Impossible de bouger mes bras et mes jambes.

J'attends...

Je ne sais encore si je dois compter, suivre le temps qui s'écoule. Je suis prête, debout face à l'issue.

J'attends... J'attends encore... J'attends toujours...

Je sens enfin la chaleur d'un rayon de lumière sur mes épaules engourdies et douloureuses. Je devine le seuil s'éclaircir sous le reflet. Les murs reprennent leur forme et les angles se redessinent. Combien de temps encore ?

Les bruits du jour s'annoncent : brancards, casiers, sabots rythment et martèlent de coups les murs du couloir et son sol. À chaque son et mouvement, je reprends possession de mon corps. D'un pas en arrière, je résiste à la contrainte du vertige qui m'éparpille. Ma main droite se lève et rejoint mes yeux. Je sens à ma joue un brin de tissu effiloché. Je ne peux pas encore voir, mais je sais. Je retrouve ma poupée à mes côtés. Je la lui avais confiée ou elle me l'avait volée, je ne sais plus. Cette autre que j'ai croisée et côtoyée si peu de temps, n'est plus. Je le sais. Aujourd'hui sera le jour de sa mémoire et de ma liberté.

J'attends…

Des larmes à nouveau glissent sur mes joues. Je me souviens de cette longue balafre sur ma peau ; l'eau de mon cœur lave sa cicatrice.

Je commence à retracer notre première rencontre, non pas celle de cette nuit si sauvage où je fus investie, envahie à perdre mon identité, mais celle où j'ai croisé ma jumelle…à Lyon. Et je pleure enfin. Mes larmes portent le goût de nos amertumes et nos rancœurs. Ma jumelle !

En ai-je déjà parlé ? Il me semble que oui et je ne me rappelle pas à qui…

À cet instant, une onde glacée l'enveloppe. D'un souffle à peine perceptible, s'échappe une ultime menace : « Tu n'aurais pas dû ; tu as brisé le secret, le Hunxo. Tu as osé provoquer la peur et cru soustraire la connaissance aux jeux des pouvoirs. Tu… »

Une vitre se brise, les débris de verre explosent sur le sol et, en cascade, enchaînent les fragmentations.

Le visage couvert de larmes rouges, Dominique C. ébauche un sourire. Elle a parcouru l'invisible, mais peine à en sortir. Elle veut connaître l'heure ; cela devient son urgence. Elle est debout et elle attend.

Il est 12 h.

11.
LA FAILLE

Le trajet et la séance d'hier ont épuisé Kasadi Saint-Pierre, sa hanche et son dos sont douloureux : il boite. Le docteur Luc Buisson prévenu de son arrivée l'accueille avec chaleur et l'invite à l'accompagner dans son bureau où l'attendent les membres de son équipe. On lui présente les infirmiers et aides-soignantes qui assurent la prise en charge de Dominique C. Le rendez-vous avec les parents est prévu à 14 heures. Après les remerciements d'usage, tous se dirigent vers la salle de restauration pour déjeuner avant de rencontrer la patiente. Le directeur de l'établissement les rejoint et on se félicite, on se remercie d'une telle coopération entre les deux pays et, surtout, de la résolution prochaine de ce cas médical bien particulier et, on l'espère, de sa future sortie. En fin de repas vite expédié, Kasadi demande à consulter le dossier de la patiente, si son confrère le permet.

Assis confortablement, le praticien hospitalier lui remet enfin le document concerné. Il s'étonne que les informations de la dernière nuit n'y soient pas. On recherche le fichier informatisé tout en interrogeant l'infirmière de nuit restée pour l'occasion. Elle bafouille qu'elle a bien tout noté, qu'elle a effectué son tour de garde habituel et procédé à la surveillance de Dominique C. heure par heure comme l'indique le récent protocole. Le rouge du mensonge lui monte aux joues. Mais elle se rappelle à temps du bug informatique à minuit. Elle a dû relancer l'ordinateur en mode sans échec, a vérifié ses dernières annotations et validé l'enregistrement. Elle ne comprend pas. Le dossier de la patiente s'ouvre enfin, on accède au dernier jour pour en lire le compte-rendu. S'affiche alors au centre de l'écran un avertissement en rouge et noir portant la mention HUNXO, Kasadi traduit pour les personnes présentes : « Le Secret » et comprend que le dossier n'est plus accessible. Il souhaite de toute urgence voir Dominique, indique qu'en fonction de ce qu'il sait, elle doit attendre et qu'il n'y a pas une minute à perdre au risque de la perdre, elle.

Sans comprendre, le médecin lui ouvre le chemin jusqu'à l'aile Est. Ensemble, ils ouvrent la porte de la chambre : la jeune femme d'une pâleur extrême se tient debout face à eux. Kasadi lâche qu'elle est restée dans l'invisible et qu'il lui faut agir vite. Il intime l'ordre à son confrère de fermer la porte à clef, précise que tout ce qui va se dérouler maintenant appartient au secret médical et qu'il ne doit intervenir sous aucun prétexte. Cette fois-ci, pas de cérémonie, l'urgence commande l'action.

Il se place derrière Dominique et commence à lui parler d'une voix profonde et lancinante. Il l'entoure de ses bras et de son corps arc-bouté comme s'il la chevauchait, la prévient de la violence du moment à venir et lui souffle à l'oreille de se tenir prête. Quoi qu'il arrive, lui, Legba, la protège. La pièce s'envahit de noir, des flammes et de la terre boueuse sortent du sol, de l'eau coule des murs, Dominique ouvre les yeux, offre leur blanc au praticien hospitalier avant de hurler avec sauvagerie. Elle happe l'air avec des bruits rauques, crache du sang. Son visage se déforme, les os de son crâne se séparent dans un craquement net, des flèches transpercent son cerveau et le mettent en lambeaux, la large lame d'un couteau sort de son ventre remonte vers son cœur et le fend en deux. De ses entrailles gonflées et puantes, surgit un double ensanglanté au regard vairon. Des voix s'échappent en cascade des murs de la pièce et vocifèrent des insanités ; les ongles de ses mains deviennent griffes et lacèrent la peau de ses joues et de ses bras. Elle se saisit alors du couteau planté en elle, l'extirpe et tranche avec fureur le cordon qui la reliait à l'autre.

Puis le silence, puis le vide, puis le néant, puis une, deux, trois secondes et le retour de la conscience... Il n'y a plus de double, ni de sang, ni de voix, ni de griffes, ni de couteau, ni d'os éclatés.

Legba-Kasadi desserre alors son étreinte, l'aide à s'allonger, lui précise son retour dans le monde du visible. Sa parole est libre désormais. Il repassera tout à l'heure. Elle lui livre dans un souffle un merci avant de sombrer dans un sommeil profond. Il s'approche du praticien hospitalier qui n'a vu là qu'un exercice de contention d'une patiente en crise, étranger à ce qui s'est réellement passé, enfermé dans sa pratique médicale habituelle. Kasadi l'informe que Dominique C. est sortie d'affaires, mais qu'il serait bon de vérifier ses constantes. Le médecin de l'hôpital émet un doute et déverrouille la porte, se retourne vers Kasadi et demande : « Vous m'expliquerez le Legba ? », « Peut-être » lui répond-il. Et tous deux rejoignent la salle de soins à pas lents...

12.
LE DEVOIR DE MÉMOIRE

Installés dans la salle d'attente, les parents de Dominique conversent avec le directeur. Ils sont pressés de rencontrer ce médecin militaire du Bénin, pressés d'en savoir davantage sur le passé de leur fille et sur cette jumelle dont ils n'ont jamais eu connaissance. Ils voient venir à eux un homme très grand, sans âge, le visage fatigué, la démarche boiteuse, mais avec un large sourire en guise de bonjour. Il se présente : Kasadi-Saint-Pierre, médecin militaire, lieutenant- chef de section, chargé de mission par son gouvernement pour cette affaire délicate. Le directeur propose de le suivre dans son bureau pour la confidentialité de l'entrevue, puis s'éclipse.

Alors que tous s'installent autour de la table de réunion, Kasadi prend la parole. Son ton est doux, mesuré, sa prestance inspire confiance aux parents.

Je suis heureux de vous rencontrer et de lever le voile sur ce qui reste une énigme pour vous. J'irai à l'essentiel pour les informations que vous êtes en droit de savoir. Selon le dossier qui m'a été remis par l'Autorité Centrale en Matière d'Adoption Internationale de notre République du Bénin, vous avez adopté en 1991 Akossiba Sèlomè D. Vous avez souhaité la prénommer Dominique, en respect de son premier prénom d'origine qui signifie née un dimanche. Sèlomè, si on ne vous l'a pas dit, signifie en langue fon : « dans les mains du destin. » Ce que vous ne saviez pas, c'est qu'elle avait une sœur jumelle : Akossiba Coumba D., Coumba signifiant « celle qui possède la force ». Nous avons pu retrouver la raison de cette omission. La naissance de Dominique a été déclarée un mois plus tard. Leur mère biologique, bien que bénie par les dieux pour avoir mis au monde des jumelles, fruits d'un métissage, se trouvait alors sans ressource ni famille élargie pour l'aider. Durant sa grossesse, elle a très vite envisagée l'adoption pour l'une des deux filles et mis en place son stratagème pour en faciliter la réalisation. Nous n'en savons ni n'en saurons davantage puisqu'elle est décédée récemment alors que sa fille était en cavale.

L'histoire d'Akossiba Coumba D. est bien triste, je ne vous le cache pas. Dès son plus jeune âge, elle fut placée sous contrat, celui qui allait permettre de subvenir au besoin de sa mère malade. C'est le type de contrat que nous traquons et qui livre sur votre continent, des jeunes filles, dès leur plus jeune âge, à la prostitution sous le contrôle de « Madames » successives, maquerelles en chef. De l'Allemagne, elle est passée en Italie, puis en Belgique et enfin en France. Pour rompre ce contrat, elle devait rembourser la somme approximative de soixante mille euros. Impossible pour elle, à ce que l'on connaît. C'est en Belgique, puis en France qu'elle a assassiné trois de ces Madames. Elle a fait l'objet d'un mandat d'arrêt international. C'est à partir de ce moment-là qu'elle a organisé sa fuite. Fuite qui s'est soldée tragiquement par un tir de nos services alors qu'elle franchissait la frontière du Bénin en toute illégalité. Nous savons à l'heure actuelle et de source sûre qu'elle a rencontré Dominique, sa sœur jumelle, à Lyon, qu'elles sont restées plusieurs jours ensemble, que Dominique l'a aidée à passer la frontière espagnole avec une voiture de location, puis celle du Portugal. L'abandon de Dominique sur la plage sans chaussures ni papiers d'identité montre qu'Akossiba Coumba D. avait prémédité cette usurpation pour rejoindre le Bénin sans encombre et y rester. Quant au tatouage *Forgive me, i failed*, on suppose un dernier message pour un pardon sollicité. L'amnésie et le mutisme de votre fille adoptive ne sont que les conséquences d'un violent traumatisme quand elle a compris l'intention de sa sœur jumelle. Elle s'est trouvée en état de sidération. En l'état actuel de nos connaissances médicales, nous ne pouvons en dire plus, si ce n'est que certains troubles de dépersonnalisation, de déréalisation et de dissociation peuvent en résulter. Nous avons, mon confrère et moi, procédé tout à l'heure à un examen conjoint de Dominique et j'ai pu, en sa présence, pratiquer une approche holistique de son état. Cela vise à comprendre le patient dans sa globalité, entre l'esprit, le corps et l'âme. Parce que votre fille se trouve en profonde perte de repères, elle a besoin d'être informée, rien ne doit lui être caché pour qu'elle puisse sortir de sa confusion. Me le permettez-vous ?

Sous le choc des déclarations, les parents expriment leur culpabilité de n'avoir pas su aider leur fille...et sa sœur jumelle. Leurs regrets soulignent leur profonde inquiétude. Quel avenir pour elle, après cette épreuve ? Peut-elle s'en remettre, retrouver un équilibre psychique, reprendre une vie normale ? Aucun des deux médecins ne peut leur garantir, mais Kasadi est confiant, il faudra un peu de temps. Peut-être ne retrouvera-t-elle qu'une partie de sa mémoire...

Ils le comprennent et s'interrogent sur la marche à suivre, sur une sortie possible de l'hôpital et dans quel délai et avec quel suivi. Le docteur Luc Buisson leur signale qu'il reste à leur disposition pour entrevoir un suivi thérapeutique dès que l'équipe l'estimera envisageable. Le docteur Kasadi Saint-Pierre sollicite à nouveau auprès des parents et de son confrère, l'autorisation de s'entretenir avec Dominique en colloque singulier. Les parents acceptent volontiers tandis que le confrère assortit sa permission d'un « Je souhaite au préalable m'entretenir avec vous. »

13.
L'ALIGNEMENT

Le préalable fut vite expédié par la promesse de Kasadi de n'effectuer aucun acte médical sur la patiente sans la présence du Dr Buisson. Il la rencontrera à nouveau en tant que lieutenant-chef de section missionné par son gouvernement pour délivrer toutes les informations nécessaires et utiles à Dominique C., à savoir ce qu'il venait de confier aux parents. Rassuré, le praticien hospitalier ouvrit la porte de la chambre de sa patiente et partit rejoindre son équipe.

La jeune femme le reconnaît dans un demi-sommeil.
La voix ténue, elle l'interroge dans un souffle :

— Vous êtes l'homme de tout à l'heure... Votre nom ?
— Kasadi Saint-Pierre et Legba. Je viens du Bénin
— Legba...le Bénin...quelqu'un m'en a parlé... J'ai très soif.

Il se lève, remplit un verre d'eau, l'aide à se caler sur son oreiller et lui tend. Elle boit à petites gorgées entrecoupées de profondes inspirations.

— Je suis là pour vous aider à retrouver votre mémoire et vous informer de ce que vous êtes en droit de savoir. Vos parents sont déjà au courant, il ne reste que vous...

Dominique plonge son regard dans le sien, puis lâche un *Allez-y* avant de refermer ses paupières.

Il lui raconte alors les événements factuels, sa naissance, sa sœur jumelle, leur rencontre à Lyon, leur périple, le vol de papiers d'identité, son abandon sur cette plage du Portugal, le contrat, la dette, les trois meurtres et la fin tragique de Coumba.

— J'ai fait en sorte qu'elle soit enterrée

décemment et non dans le quartier des indigents. Une tombe simple dans le cimetière PK 14 de Cotonou.
Elle hoche la tête, regarde ses mains, les triture, les gratte de ses ongles.
— Est-ce elle qui a tatoué ce message ?
— Ce n'est pas elle.
— C'est moi ?
— Non plus.
D'une voix douce, il poursuit. Avec lenteur et entrecoupé de longues pauses pour ne pas la fatiguer davantage, il lui explique qu'au Bénin, comme dans beaucoup d'endroits sur terre, il y a ce qu'on appelle des Lwas, des esprits, des divinités qui naviguent entre deux mondes, entre l'invisible et le visible. Chez nous, tout peut arriver, être vécu et pourtant ne jamais avoir existé. Dans le monde occidental traditionnel, seul la loi quantique admet cette hypothèse. Des expériences ont été réalisées et la prouve...en partie. Ce qu'elle a vécu était vrai d'un côté et de l'autre : sans existence. Ce tatouage lui était destiné par sa Lwa protectrice Erzulie Dantor. Elle

voulait protéger les deux jumelles alors qu'elle n'en avait pas le droit. Cela a provoqué la colère de Lwa Mapyang en charge de sa sœur. Elles ont combattu.
— En moi ?
— Oui, prêtes à vous détruire pour gagner la partie.
— J'ai toujours eu l'intime conviction de ne pas être folle.
— Seuls, vous et moi en sommes convaincus, Dominique. Il faudra vous taire. Aujourd'hui, la force de ces deux Lwas est équilibrée par une remise en ordre...
— Grâce à vous ?

Il tarde à répondre, se dirige vers la fenêtre et ferme les stores à claire voie ; la lumière se tamise et rend l'atmosphère encore plus douce et intime.
— Je suis à la croisée des chemins, je détiens les clefs de certains passages entre le visible et l'invisible. Libre à vous de me croire ou pas...
— Je me sens très fatiguée. Vous croire ? Mon esprit se met en ordre lui aussi...mais je perçois cette autre

réalité...ses enjeux.
— Si vous le souhaitez, je m'en vais...

Elle fait non de la tête pour signifier un *Pas-encore*, elle a tant d'éléments à éclaircir, à comprendre. Sa voix faiblit.

— Avant que vous partiez... Je me suis souvenue...hier...de ma rencontre...à Lyon. Elle ne m'a pas volé mes papiers à ce moment-là... Ouvrir un compte bancaire à mon nom. Elle avait l'argent. Je ne sais...si tout cela est vrai...l'ai aidée sans savoir pourquoi elle était recherchée...passage de la frontière espagnole, je ne sais plus...le trou noir.

— Si votre sœur a voulu rentrer au Bénin, c'est qu'elle avait l'argent pour rompre le contrat, je vous le confirme.

Elle lui prend la main, la porte à ses lèvres, y dépose un baiser en signe d'espoir.

Avant de partir, il l'invite à se soigner, à reprendre des forces pour poursuivre une vie normale. Il lui précise qu'elle ne ressentira plus aucune de ces manifestations et ajoute :

— Promettez-moi une chose... Si l'envie vous prenait de venir au Bénin, prévenez-moi sans faute, je serais là pour vous accompagner. Voici quelque chose qui vous revient.

Il sort de sa sacoche la petite poupée de tissu, la lui remet et dépose sa carte de visite sur la table de nuit. Il ajoute alors qu'elle ferme déjà les yeux, épuisée par la rencontre : « Plus qu'une promesse Dominique – Akossiba Sèmolè – c'est un ordre !»

Après trois semaines d'observation, Dominique C. sortira de l'hôpital, avec un suivi thérapeutique qui s'allègera au fil des mois.

14.
L'IMPOSSIBLE RETOUR

6° 23' 14" Nord et 2 19' 46" Est

Dix ans ont passé, Dominique C. s'apprête à fêter ses trente-quatre ans. Son état s'est stabilisé, sa mémoire des évènements vécus reste incomplète sans que cela l'empêche de vivre une vie harmonieuse. Elle est juriste d'entreprise. Elle n'est pas mariée, n'a pas de petit ami et ne souhaite pas d'enfants. Elle habite un appartement confortable en centre-ville de Toulouse.

Un an après sa sortie de l'hôpital psychiatrique, elle a engagé les démarches pour retrouver le compte bancaire ouvert à son nom par sa sœur. Ne se souvenant plus de la banque et pensant qu'il était considéré comme inactif à juste titre, elle a contacté la Caisse des Dépôts par le biais de son site Ciclade. Quinze jours plus tard, le compte était retrouvé. Après avoir justifié de son identité, les fonds lui furent reversés... Soixante mille euros ! Elle apprit que quelques années après la date du versement de la somme par sa sœur, la banque en question avait été épinglée et condamnée en 2018 à une amende de cinquante millions d'euros pour ses graves manquements à exercer peu voire aucun contrôle sur l'origine des dépôts qui lui étaient faits.

Aujourd'hui, elle partage sa vie paisible et confortable entre son travail, ses parents et ses amis. Pour son anniversaire, elle a souhaité se rendre au Bénin. D'une part pour découvrir ce pays qui est sa terre natale et d'autre part pour se recueillir enfin sur la tombe de sa jumelle. Un peu dans l'urgence de son envie, elle a commandé son billet d'avion, prévenu ses parents de son départ, mais la promesse d'informer Legba-Kasadi Saint-Pierre s'est effritée et envolée avec les années.

Quant elle débarque en fin de journée à

l'aéroport de Cotonou Cadjehoun, tout lui paraît étrangement familier. Elle a choisi par commodités un hôtel proche, elle ne connaît pas la ville. Elle se rendra demain au cimetière. Ce soir, elle veut profiter de l'ambiance nocturne de cette capitale économique.

Elle se réveille à 9 heures, sa hanche droite la lance, une mauvaise posture dans la nuit ou le long trajet en avion. Elle petit-déjeune et commande l'un des taxis VTC de la compagnie SDC. Son trajet dure plus de deux heures. En sortant du véhicule, c'est toute sa jambe qui est endolorie : elle boite.
Le cimetière PK14 de Cotonou est immense. Elle parcourt avec difficulté les allées à la recherche de la tombe de sa sœur. Lorsqu'elle la trouve, le soleil est à son Zénith, il fait lourd et humide. L'air est à peine respirable. La tombe en ciment brut augmente la sensation de pesanteur. Elle s'agenouille comme elle peut, de guingois, ferme les yeux pour se recueillir et pose sa main sur le socle...

Une violente décharge électrique parcourt son corps de la tête aux pieds, son cœur s'emballe, sa poitrine se serre comme sous la pression d'un étau, ses muscles se tétanisent, une toux acide et grasse emporte sa gorge... Elle crache, vomit en flots et se vide de son sang. Sous la cruauté de la douleur, son cœur se brise. Elle s'effondre, foudroyée.

On la découvrira une heure plus tard, sans vie, affalée les bras en croix sur la sépulture, un objet métallique coincé entre ses dents...une balle... Cette balle qui tua Akossiba Coumba D., il y a dix ans, alors qu'elle franchissait la frontière béninoise.

Il était 12h30, ici et là-bas.

Pour contacter l'auteur
claire@cmleguellaff.fr

Sommaire

Prologue 11
1. L'Hôpital psychiatrique 13
2. À la recherche d'une identité 19
3. De l'une à l'autre 23
4. Ailleurs : quelques grains de sable 29
4. Ajustement des variables 33
5. À l'épreuve du temps et des espaces 37
6. Un passé fixe... 41
7. Réajustement des variables.......................... 47
8. Les impératifs du présent 51
9. La conjugaison des temps........................... 59
10. Mémoire du temps pour une libération conditionnelle.. 67
11. La faille... 73
12. Le devoir de mémoire................................ 79
13. L'Alignement... 85
14. L'impossible retour..................................... 91